las huellas secretas

por julia alvarez

ilustraciones de fabian negrin

traducción de Dolores Prida

DELL DRAGONFLY BOOKS

new york

Para Laurita,
la ciguapita,
y para todas esas ciguaponas y ciguapitas
que ponen todo su corazón
al servicio de sus comunidades
—J.A.

Para Pam y Joanna, Fausta y Paolo
—F.N.

Mi más profundo agradecimiento
a Carol Chatfield, bibliotecaria infantil de Ilsley Library,
quien me introdujo a las delicias que no disfruté en mi niñez;
a Tracy Mack, quien me ayudó con los primeros bocetos de este cuento;
y finalmente, a Andrea Cascardi,
quien supervisó el manuscrito hasta su versión final.
¡Que las ciguapas las protejan!
—J.A.

Published by Dell Dragonfly Books
an imprint of Random House Children's Books
a division of Random House, Inc., 1540 Broadway, New York, NY 10036

Text copyright © 2000 by Julia Alvarez
Illustrations copyright © 2000 by Fabian Negrin
Translation copyright © 2002 by Dolores Prida
Translation reviewed by Ruth Herrera

Visit us on the Web! www.randomhouse.com/kids
Educators and librarians, for a variety of teaching tools, visit us at
www.randomhouse.com/teachers

Library of Congress Cataloging-in-Publication Data
Alvarez, Julia.
[Secret footprints. Spanish]
Las huellas secretas / por Julia Alvarez ; ilustraciones de Fabian Negrin ; traduccion
de Dolores Prida.— 1st Dell Dragonfly Books ed.
p.   cm.
Summary: A story based on Dominican folklore, about ciguapas, a tribe of beautiful
underwater people whose feet are attached backward, with toes pointing in the
direction from which they have come.
1. Taino Indians—Folklore. 2. Tales—Dominican Republic. I. Negrin,
Fabian. II. Prida, Dolores. III. Title.
F1909 .A4718 2002
398.2'089'979—dc21   2002009007

ISBN 0-679-89309-1 (trade)   0-679-99309-6 (lib. bdg.)
        0-440-41747-3 (pbk.)   0-440-41764-3 (Span. pbk.)
        0-385-90857-1 (Span. lib. bdg.)

Reprinted by arrangement with Alfred A. Knopf
Printed in the United States of America
First Dell Dragonfly Books edition
September 2002

10 9 8 7 6 5 4 3 2 1

En una isla no muy distante y en una época no muy lejana vivía la tribu de las ciguapas. Vivían bajo el agua en unas cuevas azules adornadas con caracoles y algas. Salían a tierra en busca de alimentos solamente de noche ya que temían a los humanos. Algunas ciguapas decían que preferirían morir antes que ser descubiertas.

Por suerte, las ciguapas guardaban un secreto especial que las protegía de la gente. ¡Tenían los pies al revés! Cuando caminaban sobre la tierra, dejaban huellas que iban en dirección contraria.

Fue así como las ciguapas lograron mantener su paradero oculto por tanto tiempo.

Pero una vez, casi descubren su secreto.

Entre las ciguapas vivía una joven muy bonita, con ojos brillantes y piel dorada y pelo negro que ondeaba graciosamente hasta la cintura. A diferencia de otras ciguapas, ella no temía a los humanos. Por eso su nombre era Guapa, que quiere decir valiente y audaz, y también significa hermosa.

A veces Guapa salía a buscar comida antes de que la noche se hiciera totalmente oscura.

Una noche se aventuró demasiado cerca de una casa donde la familia todavía estaba despierta. Cuando vio la ropa tendida en el cordel, Guapa decidió probarse un vestido. "¡Este me queda bien!" dijo en alta voz, y se encendieron las luces dentro de la casa.

Un niño abrió la ventana. "¡Hola!" exclamó con voz amistosa.

Guapa sintió curiosidad. *¿Cómo será ser un niño humano?*

se preguntó. Pero se alejó de prisa.

A los miembros de la tribu les preocupaba que el atrevimiento de Guapa revelara su secreto y le pidieron a la reina que hablara con ella.

"¡Déjate de tantas travesuras!" la regañó la reina de las ciguapas.

"Pero soy atrevida y valiente y curiosa", dijo Guapa en defensa propia. "Por eso me pusieron Guapa, ¿recuerda?"

"Tienes que proteger nuestro secreto", le advirtió la reina muy seria.

"Pero, ¿por qué?" preguntó Guapa.

Jamás una ciguapa se había atrevido a hacerle tal pregunta a la reina.

La reina contestó: "Si la gente descubre donde vivimos, nos capturarán porque somos muy bellas. Los doctores nos encerrarán en jaulas para examinarnos. Nos obligarán a vivir en tierra".

Guapa se quedó boquiabierta. "¡Ay, no! Me encanta vivir bajo el agua y que los peces me hagan cosquillas en el cuello y que la corriente me peine el cabello y así nunca tengo que hacerlo yo misma. No quiero vivir en tierra, sólo quiero ir allí de visita".

"Pues no puedes arriesgarte tanto," le advirtió la reina. "Los humanos son desagradables. Te obligarán a bañarte y a lavar la ropa y a lavarte las manos antes de comer".

Entonces Guapa prometió de todo corazón que tendría mucho, mucho cuidado.

Y se esforzó bastante para cumplir su promesa. Se quedaba
sumergida en el agua hasta que anochecía, por lo que se aburría
bastante. Iba detrás de los demás cuando salían a buscar comida,
por lo que se sentía defraudada. Cuando pasaba cerca del cordel
de ropa en la casa del niño, Guapa no se ponía la ropa, por lo que
tampoco se divertía. Caminaba en puntillas, una manera muy
difícil para las ciguapas.

Pero una tarde, Guapa olvidó sus precauciones. Desde el fondo del agua miraba el sol resplandeciente como si miles de pececitos brillantes colgaran del cielo. Salió a la superficie para verlo más de cerca. A esa hora del día la isla lucía más bella. El aire parecía salpicado de oro. Los pájaros con plumas del color del arcoiris practicaban sus canciones favoritas. Las palmas se mecían al compás de una tonada pegajosa que traía la brisa. Del bosque salía el dulce aroma de las flores.

Quizás el niño está jugando afuera, casi dijo en alta voz.

Guapa no pudo contenerse. Salió del agua y caminó hacia el bosque.

Llegó a la orilla del río donde una familia—la madre, el padre, el niño y sus dos hermanitas—compartía un picnic bajo la sombra de un árbol.

Guapa se escondió detrás de unos arbustos y los observó mientras comían pastelitos y mangos que sacaban de una canasta colocada encima de un mantel sobre la hierba. El espectáculo le dio mucha hambre. No había comido nada desde la noche anterior.

Al poco rato la familia fue a dar un paseo. Guapa salió de su escondite y agarró un pastelito de los que quedaban en la canasta.

El sonido de las hojas mecidas por la brisa la asustó. Dio la vuelta
para salir corriendo, pero no estaba acostumbrada a correr sobre tela
y se cayó de un estrepitoso tropezón.

Al oír el ruido, la familia regresó. "¿Estás bien?" preguntaron y corrieron
hacia ella.

Por primera vez en su vida, Guapa no pudo decir palabra alguna. ¡El secreto de
las ciguapas sería descubierto! Ahora tendrían que abandonar sus frescas cuevas
azules en el fondo del agua y vivir en tierra para siempre. Los doctores las pondrían
en jaulas para observarlas. Todo porque Guapa no pudo contener su curiosidad.

"¡Ay, ay, ay!" gritó sólo de pensar en semejante tragedia.

"Está lastimada", dijo el niño. "No puede caminar".

"Tienes razón, m'ijo", dijo el padre, desenredando el mantel de los pies de Guapa. "Se torció los dos tobillos de mala manera".

"¿Te duele?" preguntó una de las niñas. La otra era demasiado pequeña para pensar en su propia pregunta, así que repitió: "¿Te duele mucho?"

Guapa asintió. Les haría creer que se había torcido los tobillos. Ella guardaría el secreto de las ciguapas por encima de todo.

Pero entonces oyó las terribles palabras. "Mejor será que la llevemos al doctor para que la examine", dijo la madre.

"¡Ay, ay, ay!" gritó Guapa cuando trataron de levantarla.

"No debemos moverla", dijo el padre. "Hay que traer el médico aquí".

"No podemos dejarla sola", dijo la madre. Ya había caído la noche en el claro del bosque junto al río.

"Yo me quedo con ella", dijo el niño, inflando el pecho de orgullo.

La madre llevó las dos niñitas a la cama mientras el padre iba en busca del médico. "Buenas noches", dijo la mayor de las niñas al irse. "Buenas noches", repitió la más pequeña.

Guapa podía escuchar susurros, gruñidos y delicados silbidos. Sabía que su tribu de ciguapas estaba a su alrededor, escondida en el monte, esperando ver qué pasaría, temerosas de que su secreto hubiera sido descubierto.

El niño era muy atento. Hizo guardia al lado de Guapa. Le ofreció otro pastelito de la canasta y ella lo devoró enseguida. "Come más", ofreció él.

El niño le puso un montón de suaves hojas debajo de la cabeza para acomodarla.

Qué amable es, pensó Guapa, sonriendo por dentro.

"¿Qué otra cosa puedo hacer por ti?" le preguntó el niño.

Era la oportunidad que ella estaba esperando. "Quisiera un poco de agua",
dijo Guapa. Decía la verdad. Necesitaba beber algo para tragar los pastelitos que
le habían causado todo este problema.

"Te voy a traer una jícara con agua del río", dijo el niño. "Pero ¿estarás bien quedándote sola?"

Guapa no podía creer su buena suerte. "Oh, sí", dijo. "Sí, sí, sí". Alrededor del claro del bosque corrió la brisa entre los árboles. Todas las hojitas parecían susurrar: "*Sí, sí, sí*".

Tan pronto el niño desapareció de vista, las ciguapas corrieron a
llevarse a Guapa. "Sh, sh, sh", dijeron cuando Guapa trató de
explicarles que ella podía caminar sola. Tomó varios pastelitos para
mostrarles a sus amigas ciguapas lo amable que había sido el niño.
Y en su lugar dejó un caracol en señal de agradecimiento.

Cuando el niño regresó, la bella niña había desaparecido.
Pero lo más extraño era que las huellas en la arena se dirigían
hacia el lugar del picnic. "Deben ser las huellas de mi familia",
dijo, rascándose la cabeza.

Cuando la tribu regresó con Guapa y sus deliciosos pastelitos,
la reina ciguapa no supo qué decir. "Es posible que algunos seres
humanos sean buenos", admitió.

Guapa le hubiera contestado, pero tenía la boca llena de pastelitos.

Ahora, cuando la tribu pasea cerca de la casa de la familia,
a Guapa le permiten ir hasta la ventana para echar un vistazo.
A veces el niño pasea por el bosque en busca de Guapa.
Siempre lleva el caracol de la buena suerte en su bolsillo para
recordar a su misteriosa amiga.

Guapa le ha pedido a las ciguapas que no se lleven los huevos de las gallinas de esta familia. Cuando dejan la ropa lavada tendida afuera, Guapa descuelga y dobla la ropa de los generosos hermanitos.

Y siempre encuentra pastelitos en los bolsillos del pantalón del niño.

SOBRE EL CUENTO

La primera vez que oí hablar de las ciguapas yo tenía la misma edad que la niña de mi cuento. Mi familia vivía en la República Dominicana, de donde son las ciguapas. Mi madre y mis tías me contaron sobre estas bellas criaturas de piel dorada y largo pelo negro que vivían en cuevas debajo del agua. Siempre me pareció muy ingenioso que tuvieran los pies al revés, con los dedos apuntando hacia el lugar de donde venían.

Ahora que soy adulta y vivo en Estados Unidos, me doy cuenta de que hay muchas versiones de la leyenda de las ciguapas. Estas criaturas extrañas y bellas se originaron hace mucho tiempo en la República Dominicana. Algunos escritores dicen que tenían la piel dorada, otros que la tenían morena. En algunas versiones las ciguapas son muy pequeñas, de menos de un metro de alto, pero en otras versiones son tan altas como los seres humanos; es más, se parecen a nosotros, excepto por sus pies extraños y su extraordinaria belleza. Alguna gente dice que las ciguapas viven en cuevas debajo de las aguas de los ríos y los mares, otros dicen que viven en cuevas en el bosque. Todos los escritores están de acuerdo en que las ciguapas sólo salen de cacería por la noche. En muchas de las versiones de la leyenda, las ciguapas son una tribu de mujeres exclusivamente, pero en otras versiones hay ciguapas hombres y mujeres. En los cuentos en que las ciguapas son todas mujeres, ellas se enamoran de los hombres humanos y los atraen a sus cuevas.

Algunos escritores piensan que las ciguapas vienen de las leyendas de los indios taínos que vivían en Santo Domingo cuando Cristóbal Colón y los españoles llegaron en 1492. Otros creen que la leyenda empezó cuando los pocos indios que los españoles no eliminaron se escondieron en unas cuevas en las montañas y sólo salían por las noches en busca de comida. Ya que los taínos tenían la piel dorada y el pelo negro, es posible que éste sea el origen de la historia de las ciguapas.

A veces mi madre y mis tías trataban de asustarme por las noches diciéndome que si no me dormía pronto o si encendía la luz después que todos se iban a dormir, me llevarían las ciguapas. Ellas pensaban que eso me iba a asustar, pero en secreto me alegraba la posibilidad de ver una ciguapa. Nunca llegué a verla, pero no me doy por vencida. A veces dejo mi ropa lavada en el cordel toda la noche y pongo un caramelo o una manzana en el bolsillo de mi pantalón o camisa, por si acaso. Sé que el camino de la República Dominicana a Vermont es larguísimo, especialmente si tienes los pies al revés. Pero déjame decirte que a veces, el caramelo o la manzana ha desaparecido al día siguiente. Mi esposo dice que pueden ser las ardillas o quizá un mapache.

Pero yo sé más que eso.